中国好诗歌

冬日微蓝

范明 著

内蒙古文化出版社

图书在版编目（CIP）数据

冬日微蓝 / 范明著 . — 呼伦贝尔 : 内蒙古文化出版社，2023.4

（中国好诗歌）

ISBN 978-7-5521-2179-7

Ⅰ . ①冬… Ⅱ . ①范… Ⅲ . ①诗集-中国-当代 Ⅳ . ① I227

中国版本图书馆 CIP 数据核字（2022）第 217906 号

冬日微蓝
DONGRI WEILAN

范 明 著

责任编辑	那顺巴图　李　辉
封面设计	鸿儒文轩·末末美书

出版发行	内蒙古文化出版社
地　　址	呼伦贝尔市海拉尔区河东新春街4 – 3号
直销热线	0470 – 8241422　　**邮编**　021008

排版制作	北京鸿儒文轩文化传播有限公司
印刷装订	三河市华东印刷有限公司
开　　本	880mm×1230mm　1/32
字　　数	80千
印　　张	5
版　　次	2023年4月第1版
印　　次	2023年4月第1次印刷
书　　号	ISBN 978-7-5521-2179-7
定　　价	48.00元

第一辑　花的早晨

第二辑　理想的下午

第三辑　微蓝的冬日

梦

——代序

夜里我做了个梦

仿佛到了另一个星球

梦里的我

有着一段不同寻常的经历

隐于浩渺繁星

微光忽明忽暗

写的每首诗都像是

最后的告别

我正要追上梦的结尾

被簌簌的雨声打断

醒来，我又重活了一次

残留的梦

恍惚对我说：早安，不谢！

第一辑

花的早晨

花的早晨

如何知道又是一个春天
早晨，我戴着口罩
经过一丛粉色的花

她们在风中轻轻摇晃
没有一朵垂头丧气
我深受鼓舞，并微笑着面对

我的情绪惊动了云
洒下丝丝细雨
她们撑开花瓣伞，花坛一片粉红

我对着一朵花拍照
她旋转着向我奔来
我的心也跟着加速跳动

野草开始转绿

春雨洒一滴

花就美一分

林 间

散淡的光时隐时现

树枝画出地面婆娑的形态

在我正读的书的一页纸上

光照过来，又瞬间消失

我抬头看了看天

这样的下午，需要打发一段缓慢时光

割草机停止了工作

这时，两道明亮的光忽然

穿过栏杆，好像太阳行到此处的脚印

我紧跟着上去，仅几秒钟，它又隐去了

如此和我捉起迷藏

听见鸟叫

窗外，不知什么鸟

叫声清亮，盖过了其他的鸟

我想起小时候

有过一只瓷鸟

我往它的空肚子里装上水

然后使劲地吹它的尾巴

就会发出像今天这样

清亮的声音，像是真有一只鸟

飞到我的手上

我再使劲地吹，它就叫个不停

仿佛新鲜又好玩的事多得讲不完

我很羡慕这只瓷鸟

但它飞走了

再也不回来

像我现在想起的，童年的往事

我种过一棵树

星期天去爬山
路过一块刻着"长征林"的石碑
我特意去寻找
并确定找到了我种过的那棵树

山风不止，鸟声不绝
那棵树与一排长相相似的树
围在一起
直直的，立于山路一侧

当我靠近
它抬了抬眼皮
又安详地享受午后的阳光
对我的到来并不惊讶

小镇的夏天

小镇的夏天安静

公交车在宽敞的马路上

慢悠悠地停靠站台

又慢悠悠地开走

一丛蓝色小花扎堆地

拥入花坛，海风

把街道吹得些许空旷

我的淡紫色草帽跟着我

来到街角，咖啡店里

灯光若隐若现

人影三三两两

树上夏蝉叫了几声

仿佛要搅乱时光清凉的影子

小镇上，留下斑斓的回音

新年好

新年好，群鸟欢叫

阳光涌进窗内

我已准备好向崭新的一天

道一声早安

我爱冬日明亮的清晨

籁杜鹃摇曳微冷的风

我面向草地

说一声：新年好

一只喜鹊从树上飞下来

三只蝴蝶在草尖上追逐

春来万物生

一树繁花开

三月去看桃花

你一定要在三月
乘着撩人的风，出门去看桃花

不容错过花期
你一定要在草木返青时
忘记冬日荒芜，衣着清爽飘逸

说不定一夜间，风吹花枝
她们一簇簇立在枝头
就占满了街道的窗口
一整座城市

像突然而至的一群俏佳人
春光摇曳柔软的腰肢
清雅，脱俗，挣脱冷寂的枷锁
直到你领悟到，美的真正含义

那是一场雨后，她们使着小性子
举着花伞，扑簌簌地
从树上纷纷而落
红唇亲吻雨水灌溉的泥土
香气久久不散

让你相信
这世界，有花朵一样的爱情

有个喷水池的小院

早晨的抵达先是水池喷起的水柱
弯成线条优美的弧形
红的、紫的花朵簇拥着
银白色水的清凉，向大地展现
小院从容，一切都在清明之下
办公楼敞开的每扇门，进进出出
围绕着不断涌出的水
循环往复，如日夜星斗

时光计量着万物兴衰
一杆公平的秤，不偏不倚
我们甘于平常，但拒绝平庸和幽暗
也不沉迷自作聪明的智力游戏

这些喷出的水珠多像汗水
桂香弥漫，轻车简行
没有高不可攀的压抑

当阳光卸下一天中白日的重负
清风过滤黄昏的尘土
明月挂在云端，垂怜着人世
在水的周围，树木常青

立春欢

冬天未过足瘾，就立春了

白蝴蝶在正午的日光下飞来飞去

像多出来好多的翅膀

微风下的流水

穿过漫长的冬夜，涌向寂静的山坡

河边草坪

青黄未接

但已度过酣睡的时日

向将要潮湿的泥土伸了伸腰

第一朵花将开在何日

然后一朵接一朵

好像从来不陌生

仍是去年那样

簇拥枝头

带来芬芳

在我尚未来得及辨别

两边的树已悄悄换了几片新叶

开满樱花的校园

只有在春暖时日

早晨八点钟的樱花

随一夜雨水降临

你感到与夜晚不同

树木和青草吐出清香

新的事物正打开门扉

你按捺不易觉察的激动

故作淡然

晨光折射出露珠的彩虹光芒

比你年长的树年年三月开新花

花枝稠密

倾听摇曳的风声

仿佛美好时光在校园扩散

通过闪烁的镜头

樱花纷纷开满山坡

柚子树

我们经过一棵柚子树

树上开着小白花。去年结果的三只柚子

挨挤在长满绿叶的枝上

无人采摘。或被遗忘，又从一股刺鼻的

香味中，重新被认识

一种失而复得的乐趣，从正午的光线里升起

继续沿河边走，不去打扰午睡的鱼

飞向簕杜鹃的鸟，风吹林荫的窃窃闲谈

一旦知晓秘密

我担心，那三只柚子

从树上掉下来

"扑通"一声，把我惊醒

赞美春天

赞美春天

就是面对一小片阳光

对着一朵花拍照

赞美正在解冻的风

伸展的暖意

河边飞来一只蝴蝶

翅膀多么轻盈

赞美春天所有的秘密

在草地一层层变绿中

新芽钻出老枝

新生命都在孕育了

赞美百鸟齐鸣、山川锦绣

太多的爱没法安放

赞美墨兰、木棉、玉兰、桃花

清香的一间陋室

赞美流动的蓝

白鹭的倒影

赞美从未干涸的一片绿洲

在我心底

杜鹃花的清晨

出门前，我照了照镜子
一根白发露出流逝的伤感
湿漉漉的薄雾中，脚尖指引着我
走到一个杜鹃花爬上院墙的院子
她们围拢成半圆的花门
仿佛沉浸在五月的初恋
我害怕在此迷路，如果我走在
弥漫着香气的清晨的街道

清欢辞

窄巷子拐角的屋檐

挂着两只红灯笼

树荫斑驳，泉眼无声

小池塘水涨

荷花卧在水面

蜻蜓与一片荷叶嬉戏玩耍

大榕树善意地垂下枝条

天空披着水蓝的布衣

清淡的风，白云如絮

一树火凤凰爬上了农家的院墙

樱花落

三月，樱花树下

雨的清灵柔软人心。

绵绵细雨，湿了粉红衣袖。

樱花相继盛开又无奈地

落在树影中，犹如

光阴恍惚。无法求得解释

请原谅那苍白的记忆

在烟雨中撑着伞

高跟鞋踩着空空的街道。

花季徒增伤感

像翻开一本旧相册，似不知她是谁。

望雨的女孩

一百年前，有个女孩
坐在一栋青灰尖顶两层小楼
的一楼教室
望着窗外的雨
那时候，村里小河清清
女孩蹦跳着，像滴小雨珠
唱诗班的传教士弹起风琴
他们唱着雨天的歌

一百年后的下雨天
那个女孩又回来了
小小的客家屋顶，升起了炊烟

下雨的时候

我与对面楼仅隔着雨帘
楼房密不透风
偶尔有扇窗帘掀开一角
有人也像我
匆匆看两眼窗外
看雨点磕磕碰碰的样子
那么，在任何时候
当我走到临窗的位置
都要让举止清醒

我已少有专注地去听
听雨水拍打的生活
叮叮咚咚，不急不缓
下雨让时间慢下来
我与那扇窗子那么近

但彼此陌生

即使在某个地方

擦肩而过

过斑马线

我停下车，等绿灯亮
阳光毫不保留它的热烈
夏日的海滨涂上最明亮的蓝

人们擦肩走过斑马线
从这头到那头，从此时到彼时
从早晨分岔的路口，到傍晚又折返

有一朵云
停在空中
仿佛在镜中，我和我相遇的几分钟

一只小狗

早晨上班途中
一只小狗横穿马路
朝我的车头跑过来
我急忙踩住刹车
小狗灵活地
一个侧身
从车身右边躲开了
那个瞬间
我和小狗都惊出一身冷汗

四　月

四月重现爱美之心
紫藤花晒出春光
小镇欢喜
为醒来的每个早晨

紫色是我长大后
越来越多的忧伤
我恍惚听见母亲正在抱怨
近日来都在下雨

与父书

我驱车行驶在马路上

瞥见一个年轻男人推着婴儿车

走过人行道

这世上又多了一位父亲

就在此时，我想到了

您有时去公园散步

如同我散步时，常要思索一番

此生最好的安慰

不是写手好字，出本诗集

而是您影响了我

并认可我的平凡

现在，眼前推着婴儿车

的年轻父亲

又让我确信，这唯一的父爱

如荡漾着阳光的街道，干净，清澈

月光男孩

月亮高悬

男孩将篮球举过头顶

比一比，谁更大更圆

月亮不服气，一点点鼓起来

向他投下一束追光

篮球场变成了舞台

月光男孩

是今夜的天使

在港湾公园

我们的影子在阳光下
亲密无间
走在新建的港湾公园里

海风热烈，人群熙攘
假日摩天轮高耸半空
我们细长的身影
重叠着晴朗的蔚蓝

仿佛回到初识的
那个夏天
你看我的那个眼神
情深深，似大海

六月的注视

六月，关注新冠疫情
忘记生活拮据
买不起房子，青菜涨价

偶尔我抬头注视
红色帐篷外
来回奔忙的志愿者

就尝试去赞美
疯长的夏草、密布的灰云
雨点似的慰藉

扫地的人

早晨，我被扫地的人带入
沙沙，沙沙——
反反复复的声音中

我的愉悦是从扫地声开始
平常，平静
不知不觉，生活有了良好的开端

她低着头，扫着地上的灰尘和落叶
全然不顾树上的鸟
飞到草地上，东张西望

有时，她将扫帚靠在树身
像是一种稳定的依靠
我路过那里
阳光正好照着她蓬松的头发

此刻我相信
她扫出一个干净的早晨
几条分叉的小路
都伸向一条宽宽的路

愉快的一天

这张被抓拍的照片
素颜的我在看什么呢
那一秒，我扶了扶眼镜
不经意地仰起脖子
我站在一辆白色小汽车旁
白云浮在蓝色车窗上
这是某年二月，春寒料峭
我们愉快地走去老村
若在此居住，鲜为人知
没有太多奢求
我会给简陋的门安个新锁
在门口养一盆月季
有三两好友时常走动
我们谈天说地，不知所云
炉子上的水烧开了
我用精致的茶具款待

春天的慰问

老人笑出一朵牡丹

不像有九十岁

她当过村干部

我和老谢提着一袋米、一桶花生油

去下排岭新村

老人端坐在沙发上

梳着齐整的白短发

仿佛仍有当年的英姿

这里曾经是贫困村

现在早就脱贫了

老人双手安详地搭着膝盖

她三餐清淡，早睡早起，喜欢晒太阳

她的五十多岁的儿媳给我们备茶

我捧着一束鲜花奉上

老人高兴地抱在怀里

像抱着春天，浮现的春光之美

草间的小路

下午五点，一条小路吸引着我

我踩着松软的草迹

一个妇女买菜归来，一个中年大叔微驼了背

走过去，我才发现

我们同住一个小区

共同喜欢这片宽敞的草坪

每天来来回回，有多少人走过相同的步数

但我似乎第一次走在这条小路上

它为何这样吸引我，在安详的光明里

报刊亭

我开车经过时
留意到路边有个报刊亭
有棵秋天的树
撑开的枝条形成天然的帐篷
远远看见，一个中年女人
坐在绿叶的阴影里
我想起了我的外婆
也守过一个报刊亭
养过一只猫
和几个嗷嗷待哺的孩子

毕业寄语

这是没有预料到的事
我们正遭遇理智与情感的对峙

我调亮手机光线，照片里
你年轻时的羞涩宛如从前的我

未来还没有附加在你的肩上
满腹知识仅仅是开端

相信已知与未知，学问乃修行
孤独也必不可少

想象某一天，当你开始回想
我爱你远没有结束，我就心满意足

曾 经

那时候，青翠的草长在山坡上

黑牛正低头嚼草

沉浸在早雾低低的风中

山间有古寺

站着好多树的山顶，等杜鹃花开了

细细的五月的雨

我像被什么长时间迷惑着

早晨即景

一场急雨冲洗夏日膨胀的四肢
挪不动脚的绿灯亮了
一条长龙似的车队驶过斑马线
的士插缝掉转车头，去接呼叫的乘客

天上的事谁知道呢
急匆匆赶路上早班的人都不见了踪影
滚雷响了两声，雨落在地的低洼处
照出云黑色的影子

我摘下太阳镜，想着
当打开车门，怎样先撑开伞
让豆大的雨点落到伞上
来不及遮挡的几滴溜进我的脖子

仿佛小时候喜欢的差不多都忘了
我的凉鞋踩着积水

一时无法保持优雅的步态

走进室内，耳边响起吐出暑气的清凉乐

大雨中，去邮局取稿费

大雨中，去邮局取稿费
有秘而不宣的小心思

雨扑打车窗
又迅速滑落
一滴豆大的雨点打过来
又迅速汇入
密集的雨中

向窗口递上取款单
我甚至忘了写过什么
稿费微薄
正符合一滴雨谦卑的心

我把目光投向别处
怕人看出我的羞涩

分 心

我听着窗外

正午的鸟鸣姗姗来迟

你在火车启动时发来消息

我虚构着站台的场景

向你挥动着手

火车正向傍晚急驰

将如期抵达目的地

此刻，除了你出门时

冲着我一笑

再没有别的什么让我分心

电　话

电话铃响

我放下刊物审读

以及形而上的思考

"今天又新增一例无症状感染者

看来不能参加毕业典礼了！"

嗯——

省略的遗憾

他的书籍

重叠着我们的指纹

那些数学公式被形容

像天书的密码

每当我擦拭书桌，因此与之

有着亲密的关联

"下次补拍一张毕业合影！"

电话里传来轻轻笑声

我捂着电话，一时不知说什么好

读诗记

早晨读诗是功课

在不断更新的时代

纸书和电子书的纷争从未结束

我在手机上快速滑拨屏幕

墙上的挂钟指向八点

我一无所获

拿起一本诗集

白纸上的字站了起来

开始围着我转圈

那个诗人不是在写诗

而是一个少年在雨中奔跑辛酸苦撑的中年

他幸运地看见了完整的彩虹

苦中有乐是本事

我想象诗人完成一首诗

就像炉火中烧出一盘好菜

五味杂陈

这是我想要读的诗

我的手指翻动着书页
轻轻的麻麻的
时针慢慢划过心坎

幸　福

这是个晴朗的早晨

阳光穿过防盗网

在沙发上靠着

屋子里传出打喷嚏的声音

和平常一样

此刻，幸福就是

一碗面条

加一个荷包蛋

你的微笑

长在草丛中的一棵草

在微笑的瞬间

似一缕清风吹拂

将来，草丛中的每棵草

会有更多的微笑

趁你不在家

我照了好几次镜子

发现我的嘴角挂着露珠的光泽

和你一样

让我百看不厌

又让我喜极而泣

第二辑

理想的下午

微风湖

我叫她微风湖
湖中有一处亭子
就叫微风亭吧

真清爽啊
无论风从什么方向来
湖水低眉
善解人意

凤凰木沉甸甸了
葱莲慢腾腾爬上山坡
白花海上来，花为善者开

风不由自主
往一个方向吹
推着湖水，推着我
微风亭没有动

理想的下午

理想的下午是几声鸟鸣

跟随着蓝色的天光

在幽静、斑驳的小路上漫步

路边的植物挺直了腰身

一只白鹭掠过水面

飞过镶着金边的黄昏

鱼儿游来游去

晚风吹一下，水就涟漪起来

两只白鸟

一只白鸟在水上飞过

接着，又一只飞到草丛

优雅轻盈，在浅水上停留片刻

又调皮地飞到树上

另一只飞到桥栏上站着

仿佛有什么事让它生着闷气

星期六，两只白鸟都没有飞来

人们在河边溜达

孩子们用网兜兜鱼

也兜住了水和白鸟停过的地方

散步记

晚上九点，我下楼散步

篮球场的灯光就要熄灭

跳广场舞的几个阿姨

盯着手机视频："这个简单"

她们好像又要学一段新舞

我很想加入

但我不善于攀谈

一阵强风吹来

紧贴我的裙子

和甩开的胳膊

多好啊，我和她们

在夏天的夜晚，散步，跳舞

一只野猫

一只野猫
藏在花团锦簇里
秋阳一波一波照向一条
可以并肩走两人的小路

它用一对黄眼珠
盯着我，"喵喵"地叫着
像要顷刻间
向我扑来的架势

我谨慎地绕开
它为什么认准了那片花丛
为什么对我无意的闯入
发出了警示

河边即景

天气暖和，我来到河边
在午后倾斜的光线中

踩着音响的节奏
我低眉快步，阳光开启了计步模式

清幽的林荫路
树木各怀心事

工人为植物喷水
一个时尚的青年跳起了街舞

鱼儿游在清澈的河面
孩子的欢叫让水的倒影抖了又抖

拉小提琴的老者神情坦然
黄昏里环绕着无声的琴音

约一个人去散步

刚下过一场大雨
路被洗过的清静
约一个人去散步
边走边东拉西扯
不知不觉谈到晚年

到那时，朋友没剩几个
突然想到某人却忘了名字
孤独将以另一张面孔
窥视两鬓的霜白

你想起小时候吃过的青菜和海鲜
我想着晚年的岸，在长江边

在公园

你站在一株月季花旁

做出嗅花的样子

脸庞水灵可掬

月亮出来的时候

你走在漫着青草的河边

捧着一朵月季的幻想

在七月

时雨时晴

只有一种光源还不够，必须是

自然光与白炽光交织

此刻，词语挤在一首诗中

被拆分、组合

有的四处散落，像等着我捡回

当我略感疲惫，下雨了

我意识到雨是自然的诗人

把天上的诗挂在雨帘上

落在地上了，雨点就变成花儿草儿

蝴蝶和蜻蜓

蓝天、白云和七月

呈现的默契

但我认为要分开它们加以描述

醒　来

早上六点，我拧开电扇

凝固的空气开始流动

光跨进洗手间的窗台

夏蝉声声嘶叫

忍受酷暑的煎熬

我抬手熄了房间的灯

它亮了一夜，在我熟睡的时候

移动的帐篷

大雨如注。
紧随身后，那人"咳咳"两声
打开手机里的绿码。

我原谅了他
遇见熟人便说：辛苦啊！

这个不眠的城市
撑开了移动的帐篷。

当一切过去我们回忆
夏至晚十点
深圳大雨，帐篷罩着人群走。

忧伤的雨水

我正要午睡

有人喊：要下大雨了

朋友圈已灌满了担忧

与我无关？

但忧伤的雨水

叫人难过

雨一直下，淹没了街道和房屋

我不由心中祈祷

雨，回到招人喜欢的样子

当它再次重返

海风在黄昏吹拂

你是我的摄影师

一个瞬间是一段回想

当我们数次重返

深一脚浅一脚在海边散步

心中所愿是抵达

那块刻着时间解语的石头

海风在黄昏吹拂

夕阳下，我们的影子

如此亲密

秋天的游戏

八月入秋
割草机收获野草
清洁工收获秋风

闹钟，把刚入睡的人拽起床
你穿好衣服
床上躺着残留的梦境

大暑正盛
金黄的信使已在路上
你仿佛听见挨家挨户的敲门声

秋雨图

细雨绵绵，云雾环绕
溪水潺潺流过小桥

翠菊，牵牛花，不知名的野花
在雨中冷得打战

黄昏时，山谷更寂静了
路灯挂出一束雨林，雨丝纷飞
又落入滔滔不绝的河流中

灰喜鹊

我们对着大山喊：哇——
一只灰喜鹊"扑腾"一下
飞到一棵柿子树上
又"扑腾"一下，不见了
过几天我发现
它飞到一幅水墨画
一树盛开的紫荆花上

讲　述

下午三点
一个男人在栏杆上压着腿。
阳光强烈
他眯着眼。

可以挥霍的东西不多了
比如这个下午
压压腿，拉伸拘谨的身子。

草地开阔
流水如风
瓦窑村的弄堂
正安详地打量着他。

朗读的感受

我正在朗读一首诗

我的普通话有硬伤

因为要分辨发音的准确

我顾不上气息、停顿

和尾音的圆满

有时我故意在

重点的地方

换一口气

拖长音调

用气声代替咬字

以为这就是有感情了

老师说，不要大声地朗读

要像在和人说话

太难了

我讨厌拿腔拿调

或软语呢喃

我希望自己朗读时

声音不大
吐字清楚
听的人都知道
我在说什么

劳动的秋日

在属于小草的秋季
割草机突然打乱了平静

虫子没地方藏了
它们从草丛中飞出
又四处寻找新的栖所

男人埋头劳作
秋阳照向他的后背
棕榈树像一把蒲扇

小草堆，劳动后的新景观
一个一个
草坪上，排成了行

九月的雨

雨突然下起来，是那种滂沱大雨
那种雷响一声，电就闪一下
像要打破慵懒的秩序
从天而降，是那种酣畅淋漓的幸福

我正要午睡，突然觉得
没有雨水照应的睡眠黯淡无光

接近傍晚，雨停了
上升的月亮吮吸桂花的香气
就要变得又大又圆
月光淋湿的街道，多了些清冷的寂寞

如果明天还有雨，都是秋天带来的
像今天这样
突然下起来，又突然停在
熙熙攘攘的夜色

望 月

在海水深蓝的夜晚
云层借风力，露出一片空地

红酒杯像星星那样闭上眼
月色逼近，完成了沙滩上圆满的照耀

我从海边归来
身上和月亮一样发着光

糖胶树

我经过一排糖胶树
树有树的领地
哪些叶子属于它
哪堆花瓣围拢来

不由分说，一茬接一茬
小碎花扑簌簌地
落满路边的小轿车顶
像一辆辆花车

嗯，秋天要出阁了

蓝帽子

我有一顶蓝帽子

当我穿着蓝碎花裙子

走在秋分的巷子里

仿佛有一小片蓝色的火苗

在我眼前跳跃

秋　天

即使在南方，秋天也看不到杜鹃花了
这是忧伤的现实
国庆假日，母亲的头像在微信里闪着
这是最美的现实

乌　鸦

听见乌鸦叫
难道有不好的事要发生？
它站在窗子上像黑色的护卫
几场雨后，早晨的空气真稀薄呀
知了拖着长调，树枝耷拉着脑袋
黑夜的羽毛留下夏天的气味

乌鸦去喝水了
儿时的惊奇重返
落在了神志不清的上午

影　子

影子叠加着很多的影子

一个挨着一个

拉长，挤压

静止，摇晃

我的影子也混在其中

相互抵触

相互信任

音　乐

在音乐中遐想

不用去了解它为何起伏

情绪就是此刻

天空的心情，时雨时晴

难以捉摸

小提琴委婉地倾诉

仿佛爱情又来了

但我只能想象，风推开院门

院子里弥漫着淡淡的花香

雨的偶得

没有时间观念的家伙
这么多年甘愿被迷惑
离天空最近的
是同一场雨
因而我们也在
哭泣，变形
面对新命名的台风
承受雨季的多变性
月亮穿梭在云的夹缝
撕扯着夜晚的被子

重阳登山

重阳登山
体力有所不支，如美人迟暮

登山者三五成群
相约于黄昏，与落日分手，互不挽留

我稍觉安慰
野牡丹、碧冬茄、紫红作伴，相映成趣

风随意，山门虚设
一朵金色晚云，正慢慢地靠近我

核酸检测

那个护士是实习生吧

戴一副时尚复古的白边眼镜

早晨的队伍让她紧张

她拿起棉签

隔着桌子，向对面的喉咙划了划

反反复复

她无法分心

低头换手套的动作

有一丝慌乱

但她很快镇定

人们，一个接一个

排起了长龙

她的白边眼镜有花朵的质地

整张脸被防护罩罩住

但一定是个人见人爱的女孩子

读诗记

下午我读朋友的诗集
这个未曾谋面、年纪比我小的朋友
我读出软弱、爱恨和生死
他把谁的心思揣摩得那么深
母亲的疼是所有母亲的疼
虚无亦是万物的宿命
几次我差点落泪

诗，对于一个人，真是太单薄了
单薄得让人厌倦，让人怀疑
活着，写诗，是为了什么

多么善良的人啊
我在他签名、有温度的字体中
找到那首诗
画一个圈
折上一页书角

"我为露水的恩泽活着
为了在消失之前的正午"
并继续读着《本心录》

一生诸多遗憾
至少在此刻，时间趋于完美

想象一幅画

黄昏巨大的安静
是我凝视的一幅画
是想不出逝去的荒芜
如今，繁华已是平常中
数不过来的日子

船只从金色的海上出发
踏着海浪艰难地航行

大海宽阔，浩浩荡荡
海水深不见底
海上有漫长而遥远的未来

我站在画前
不觉天色晚
灯火已阑珊

下午四点半

下午四点半
校园的门开了
我们冲出去

疯啊跑啊，大声尖叫
像会唱歌的水花
在太阳下闪着亮晶晶的歌词

一只灰色小壁虎呆头呆脑
扭了扭长尾巴
我们风一样跑过它身边

石头和沙子都是玩具
在水塘边玩耍，乐此不疲
太阳也通红着脸，满头大汗

直到累了，回家吃过晚饭

趴在小书桌上写作业

等妈妈忙完厨房里的活儿，要来检查

高温作业

我关上窗

窗外几个工人正在做工

操作机器的双臂剧烈振动

像完成一次高难度手术

我无法抱怨他们

夏日的云团浩浩荡荡

从楼顶缓缓挪移

他们顾不上朝天上看

过中秋

趁家人没起床

我开始扫地、洗水杯

收拾厨房里残留的菜叶

盘算着午餐吃什么

早餐是省去了

不睡到日照三竿

家人不会在客厅里现身

晚餐也不用太丰盛

待月亮升起

我们要吃月饼

仿佛甜蜜渗透在

日子的分分秒秒

人间圆满

我们心满意足地度过

又一个十月

早上醒来

有几分钟恍惚

原来已进入十月

我坐在床沿盘膝打坐

想象秋水是最洁净的水

鸟鸣是最清脆的叫声

城市在建造高楼

和地铁的声响中

向高远处延伸

我想念的人

想看的风景

早已驻扎在心

见识过我的离愁

拍　照

秋天了，我们来到海边

坐在公园的长椅上

朱槿花正好开了

我钻进红艳艳的花丛

喊你来拍照

海风吹

鼓起了我的裙子

换头像

心不宁静

我在微信上换了几次头像

竟然找不到我了

我担心母亲也找不到

就像我写诗时常署名"兰浅"

母亲说，迁户口时

户籍警一不小心写错我的名字

从此将错就错

就像我常常怀疑是不是错误地写诗

母亲开心地对旁人说起

我是她的二女儿

冬天要来了，不能再像夏天穿着单薄

我换了张家门口的腊梅图

这样，视力越来越弱的母亲

能一下子找到我

并给我的微信点个赞

母亲节

深夜，我清理杂物

发现一个糖果盒

里面有张母亲的一寸黑白登记照

她有月亮弯的下巴

和洁白的牙齿

我发现我的下巴

也像月亮弯一样

对面几扇窗子都熄了灯

只有我房间和路灯

流水般亮着

儿子发来微信祝福

他的旧笔记本也曾夹着一张合影

我搭着他 13 岁的肩膀

他的下巴像我

我们露出洁白的牙齿

对着阳光下的镜头，甜甜微笑

七夕，小情诗

窗外正在下雨
我想找一首情诗
在幸运的七夕的早晨
用我的声音录制，但
雨喋喋不休
像语无伦次的你
向我表白

唯一的风景

黄昏来到客厅

在木摇椅上歇息

你成为了唯一的风景

秋风又紧了

你浅浅一笑

夜晚渐入佳境

我不会感到悲伤

因为你，弯弯的月亮更好看了

亲爱的妈妈

这一日，我想买件礼物
给我亲爱的妈妈

橱窗里
美丽的衣裳、围巾、帽子
这些小物件，只能开心一时
不能一世

夏日的街道火辣辣的烫
我走了很久
仍然两手空空

阻碍缘于外面的世界
请原谅，妈妈
我回到居所，因此我不快乐

什么都可以取消，唯爱不能

亲爱的妈妈

第三辑

微蓝的冬日

冬日的瓦窑村

紧挨着楼群

前面是一片草坪和一片水域

阳光充足的时候

我喜欢走走那里曲折的桥廊

潜在水面的小鱼

吐出小雨点一样的水泡

流水平静如微风

站在天桥上远看，树荫浓密

草坪小了，水域小了

人也是小小的人

十字架般高耸的教堂尖顶

好像这一切

都是神的安排

低处的阳光

阳光投射到柜子的斜下方
明亮，慵懒。正如我
有时要停下来，为这一刻的满足。
没有必须要做的，得到和失去。
没有那么多清晨可以这样瘦下去。
而我满足着这一切。

故乡的腊梅花

此刻，腊梅花与我仅隔着枝条

在我凝视，冬天的芬芳

推开院落

一朵花苞是一封家书

捡几片花瓣当书签

颤巍巍的字体，永不苍白地倾诉

清香的记忆静静地环抱

我沉睡的乡愁又在这一刻醒来

冬天的腊梅花啊

今年雪未下

请让我打听故乡的消息

问母亲，我种的腊梅开了几朵

日有所思，旧时钟"嘀嗒"

时间的慢和优雅

青瓦红墙，那条探梅小径

墙角的梅如一豆昏黄的灯盏

静夜温柔以待，雪的静谧和欢喜
是该启程了
回到家中，添梅瓶
折一枝腊梅花

和友聊画

一幅水墨，随意涂抹的山
小屋和树木
留下巨大的空白
暴露出多年的旧疾

溪水将要凝冰
冷寂的雾锁住冬天的旷远
披霜的河激流暗涌
这不仅是对一幅画的凝视

我们都获得过来自久远
而苍茫的鼓舞
面对空山，临水而居
此刻，又与寒山子对谈

红茶坊

门半掩着
茶客们在茶座小憩
桌上放着红茶果汁
把身体陷入宽大的真皮沙发
随手翻阅着时尚杂志

门外的场院
散开着星星点点的红花
吹来一阵风
闪进一位身材高挑的女子
身穿驼色大衣仿佛民国妇人

钟表指向下午四点
人们小声交谈
音乐似有若无

一幅画

一位画家知我中意兰花

在他画布的左下角

布了一堆石头，扫几笔兰叶

这幅《牡丹图》

我挂在了办公室的墙上

当盯久了电脑，抬头就能看见

静卧的山风，深藏不露的富有和谦逊

浓淡相宜，远近相安

我曾不离左右，在

不知所措的烦恼时

礼　物

我有过这样的经历

有朵不确定的云飘来

留下一小片阴影

星球以不易察觉的速度缓慢旋转

我的预感有时迟钝

每当阴影中的火花突然闪现

措手不及

并意识到，我需要这样的礼物

像一个埋藏已久的时间的瓦罐

自带光芒

借助微火

秘　密

我发现一个秘密

坐公交车去上班

在摇摇晃晃的车上

读朋友的诗

紧挨着车窗晒太阳

下车后

走去单位的路上

再晒一会儿太阳

门槛上的猫

一扇木门旁

我们惊吓到一只小猫

她那么小

淡黄色的绒毛

太阳下晶莹剔透

我们涌出内心的慈悲

有人蹲下身摸摸她的头

她"喵喵"叫两声

并不逃避短暂的抚爱

我在门边拍照

她伏在身后

我感到她的体温

和村庄柔软的部分

入冬以来

入冬以来，你将棉袄纳入体温
阳光很好啊，像一面明亮的镜子
照出苍白和疲惫
在一条小路上，来来回回地走动
温暖，才从脚底到手心
多少情节正在酝酿，从镜子里反射出
只有一种结局。
你能否叫住时间，它不会像蜗牛一样
慢慢爬。因为厌恶，躲进坚硬的躯壳
避开潮湿和腐烂。
中午立于风口
草地干枯，湖水被一股不知来向的风
吹得东倒西歪。
你想将湖水扶正，想辨认风的来处
看着一棵修炼成数不清枝条的树
叶子一批批落下。沿着流水的方向
又像什么事也没发生。

阳光如杯子

恰好在午后，
阳光从爬满绿叶的窗户照过来
在毛茸茸的沙发上靠着
取一本书，阳光泄露
影子发亮的部分
一首诗写着：
"杯子在梳妆台上叮当作响"

我感到屋子里
阳光如杯子，清脆又自在
背景墙上，言语各自起风波
虚虚实实，锋芒暗藏
如遇智者，可与之碰杯
相谈甚欢

煮茶，翻书，吃樱桃
茶几上香炉细烟袅袅

两个石头仙人作揖问道

当我起身离开

还听见盛满阳光的杯子

在敞开的门边，"叮当"的余音

伤　口

舔着自己伤口的时候
一盆墨兰坐在窗边
我凝视那些敞开的绿意
淡黄色花蕊，像一剂清凉的药

我默默地忧伤
墨兰默默地开花，凋谢

失眠的夜晚

半夜醒来睡不着

读书，看电视，玩手机

好吧！这么多无用的事

足够消磨失眠的夜晚

头疼终于减轻

想起母亲的劝诫，别用脑过度

她的眼睛最近看不清东西了

多么近乎完美地相似

母亲，你也失眠了吗？

不想写诗的时候

不想写诗的时候

就认识几个写诗的人

加微信

读读他们在诗歌中

怎样活过庚子年

与我气质相似的写作者

略有时光流逝的伤感

用文字取暖的意愿

在我阅读时仿佛听见

他们的呼吸

因兴奋而急促

因淡定而舒缓

如数家珍

有孤独的洁癖和旷达的自省

想写就写，诗的不二冲动

十一月

走进山间，你听到深秋的鸟叫

清扫落叶的"沙沙"声

虫子是鸟儿们的腹中食

扫把扫去落尘的夜色

这些可遇而可求的事

安稳，甚至幸福到，天色亮了的时候

一级级走上台阶，或绕小路慢跑

人间值得

风够努力，使劲摇动树叶

雨雪正赶来，带来好消息

在灰暗的房间里

我在家清理旧衣物

窗外正下着雨

我拿出一件旧风衣

这两三年，它承受着被闲置的冷落

雨声是张老唱片，吟唱旧日时光

在镜前，我左顾右盼

风衣正好长过膝盖

尽己所能保护过一个女人

现在重新获得我的青睐

临风而立，潇洒自如

此刻，房间灰暗

我的心温馨而明亮

时 光

当我理解时光易逝

已经来不及

它们不再等我回来

我再也等不来它们

我打开笔记本

想写几个像样的字

但无法握笔

停下歪歪斜斜的书写

很多问题得不到答案

别去想——

就让它们扮作黄昏的样子

来到我的身边

灯光下

跳跃着阅读的眼睛

所 思

电脑，空气，水
八月的楼梯
我唯一能看到的阴影

窗口倾斜，流光闪逝
我下楼取快递
当听到快递小哥说：谢谢！

我像被惊醒
因为前一秒钟，我正在思索
在词和词之间打转

答　案

一只乌鸦飞到防盗网上
我感觉黑色是具体的
"哑——哑——"
播放的一部电视剧
正好有"哑哑"的声效

如果灵魂披着夜的长衫
做晚祷。灯光之外
看不见的
不可确定

先生学舌打趣
我几次探头想看究竟
别惊动它，也许是
幻觉迷了路
我愿意这样认为

微蓝的冬日

如果你在冬日的一个下午
草上飞着的白蝴蝶
又绕着你飞一下
它的翅膀亮白如雪

然后，晴朗的河面
鱼儿逆着水波游去
吐出小水泡，装作在下雨

你与太阳合个影
穿着淡紫色大衣
与你平行的线条
是你的帽檐和微翘的下巴

树林，石头，睡莲，鸟儿
陪阳光散步的水草
冬日给出了微蓝的影子

孝　顺

快三年没回家
母亲责备我不孝顺
而通常是，我把对她的孝顺
写进诗里

后来母亲懂了
电话里喜欢问：每天还在写诗？

我的手机里还是那张
二〇一九年的合影，那是冬天
母亲让姐姐陪我去梅园看梅花

新冠病毒仍滞留的八月
我们只好取消生日宴
对不起，母亲！
我又为你写了一首诗！

心无旁骛

上午，我抄写默温的诗
如抄写《心经》。
我将暖气调至高温。
在南方，我们没有准备
过冬的食物。
我抄写时，忘记了饥饿和寒冷。
起初，我以为谁在倾听呢
默温想。
未来一无所知，那很好
人们早已知道歌唱它们
现在和以后都会如此。
我对默温也一无所知
随手翻到一页，抄写一段。
我想冬天就这样度过
心无旁骛。
只有星空和星空的阴影。

游　离

音乐中冥想

进入到梦里

你自由了，并游离在

各种声音交织的夜晚

突然，有个人低着头走过来

也许这是另一个你

你们一前一后

不知不觉走到家门口

下意识地掏出钥匙

推开门，迎面扑来一扇

熟悉的灯光

瞬间你们合二为一

像是完成了一段旅程

但还在为如何结束一首诗而犯愁

月亮的散文诗

太阳照在十一月末的上午

临近十点，我走在街上，拍下一枚月亮

巴掌那么大，淡云似的白

但天空，万里无云，所以她能清晰地

在一片深蓝中被我发现。

好长时间我都不曾为她写诗

因为太过熟悉，就像我的左手和右手。

虽然这些天，南方冬日清凉。夜色晴朗

当我走在草坪上，她都默默相伴。

但不同的是，她并不属于我一个人

尽管这辈子我多么倾心于她。

我拍下的这枚月亮，在手机图库里几乎看不清

所以我不得不写下备注

她清淡如云，无意闯入我的视线

让我心动的一小会儿。

去　信

天冷了，我在上围艺术村

拍了张穿冬大衣的照片

面向阳光浅笑，和你极相似

一年很快过去，老话重谈

但命运多舛，余悸犹在

又是一个冷冬，南粤多绿色

我走在正午的河边

小白花匍匐山坡

像挽留行将远去的冬日

姐姐，我与你隔山望水

山水少语寡言，岁月披霜

我们曾以雪清心

去梅园，看满树梅开心欢喜

今年的雪仍纷纷啊

像飘落下的信笺

起笔的左上角

最好印几朵腊梅花

如我所愿

我坐在草地边的石凳上

小风吹着

地铁"隆隆"地驶去

一架飞机从鱼鳞状的白云间飞过

但我不为所动

继续晒着太阳

如那些刚刚走向草地

越来越多的人

公交车上

车门"哗"的一声打开
上来一位猜不出年纪的
中年女人
她站稳，在空座位上坐下
脖颈上系了条小丝巾
我看了看她平静的五官
又扭头望向车窗外
向后退去的光线
通过她和我
通过一个绿灯的路口
车子转了个弯，停下
我用余光目送她起身下车
那即将是
我要经历的时光片断

挽　歌

1

他的脸部急剧抽搐
老妈走了——

走得很安静。
最后的归宿，也是最后的幸福。

七夕，她真的化作一颗星
去寻逝去的老伴。

放不下的东西太多
却毫无办法。

惨白，从头到脚
裹挟着这个不知所措的大男人

他想独自静一静——

走向茫茫大街
不管不顾，大雨扑打在身上。

2

到很老很老了
她无法控制自己，重重地垂下头颅
无法控制，座椅上，蜷缩着疲软的身子。
没有多远
那是荒凉肃静的一小块土地
她安静地去了
大儿子守着她
最后的一秒钟，她太虚弱，早就力不从心
她要好好地睡去，睡去。

品酒诗

先是小抿一口，舌尖微麻

微苦，微辣

微甜。端起酒杯

无酒不言情，似宋人小酌

顺着舌尖、喉咙，抵达胃和小腹

邂逅的爱来不及设防

夜深时分，可借酒浇愁

知否，我是千杯不醉

如果你在，就由着自己的性子

醉一次

破　解

生活教会了我破解之法。

六月，在绵绵不断的雨中

我下载手机里的照片。

20岁，你的清澈

和曾经的我

惊人地相似。

笑得没有保留

一无所有又像无所不能。

你心里的小秘密

也是一个人待久了

下雨让思绪组合成了

无数组数字密码。

我自信可以破解一部分自己

但你已走在了我的前面。

年轻人，难道你有着不同的破解之道？

我天真地想。

雨抛出谜题，"滴滴答答"敲打着我不平静的心。

但不用怀疑，你是我的骄傲。

等待的时候

在一个安详的小镇

我半夜三点醒来

侧耳听见窗外的街上

车轮，仿佛滚动着漫天星云

我依赖于房间里的灯光

靠在床头

等着天空出现一片霞光

由此我获得了安宁

在等待的时候

值班日

辛丑年冬月初四，大雪
我在办公室值班
去食堂吃过晚饭，所以
我的双脚暖和
手指有了知觉
整理书稿，发朋友圈
为某条信息点个赞
这些似乎都处于一种
等待的心情
人们都接受着
季节和时间的秩序
尽量让每一天保持平衡
显然，我如愿了
夜晚越来越逼近办公室
灯光越来越明亮
走廊传来"咚咚咚咚"的脚步声

谢谢你们

谢谢你们
认为我这个女人
总有些怪想法
但从来不会耻笑
谢谢你们
给了我冥想的自由

河边的路

路封闭了
不允许进入
我隐约看见一只白鸟飞过河面
午后安静
没有孩子在河边捉鱼
河水如时光流逝
我也不能走近看

做一片落叶

回到树上

从仰望者回到最初发芽

从高处树杈的缝隙

吸纳所有的光

再心安理得

落向宽阔的地面

没有抱怨

没有奢求

承受一种必然

曾经多么自在的生命!

冬天的诗

略微潮湿的冬风

令人迟钝

阳光晒着缓缓流动的河水

南方的三角梅

攀过墙头

散发出寂静花开的孤芳

温暖的下午

我有了写诗的冲动

以填补无处可去的缺憾

偶尔羡慕过飞鸟的翅膀

那样无拘无束地

飞来飞去

立冬以后，就要下雪了

雪花飘落

街道布满童话般的镜像

那么纯白，那么虚幻

怀孕的猫

关于那只猫
我有过瞬间疑惑

它一定是怀孕了
拖着沉沉的身子

在我的前面走着
一定是听到我的脚步声了

它扭过头
尾巴拉长，像根细细的鞭子

我小心翼翼地绕过它
为了使它放心

我们彼此的伤害
仅限于此

晨　练

万物都有自身的轨迹

十二月，早晨

我在操场上慢跑

阳光一点点

照亮幽暗的草坪

我不由自主

沿着太阳的轨迹

轻松如振翅的鸟

冬至二题

1

又到冬至

窗外有雨声

我倾听屋棚、窗子

和墙上挂钟的秒针

有声与无声交替

我分辨出

秒针转过一圈

又回到原点

天气不会再坏了

而我已拥抱这时刻

2

想起去年冬至的一首诗，阳光很好

但今年冬至有雨

我给一位北方友人发微信

"呼呼"冷风从她的微信语音传过来

原来北方已经是天寒地冻了啊

我的南方，下雨让我又陷入孤单

友人无暇给我回复，她正往家中赶

刚才她的声音有急促的小幸福

在百年虔贞女校

也许是上百年的光阴

轮回，幽暗的墙上

影像模糊，像部陈旧的电影

清静的小院，两株三角梅

十二月的花朵浮动

旧时的琅琅书声

三个女孩站在院落一角

喜悦地看着生平第一张照片

暖阳轻巧如梦幻

适合读书与冥想

填补记忆的细微褶皱

留在我的脸上

留在阳光的影子中